Tomi Ungerer

les
trois
brigands

loisirs

Il était une fois
trois vilains brigands,
avec de grands manteaux noirs
et de hauts chapeaux noirs.

Le premier avait un tromblon,
le deuxième un soufflet
qui lançait du poivre, et le troisième
une grande hache rouge.

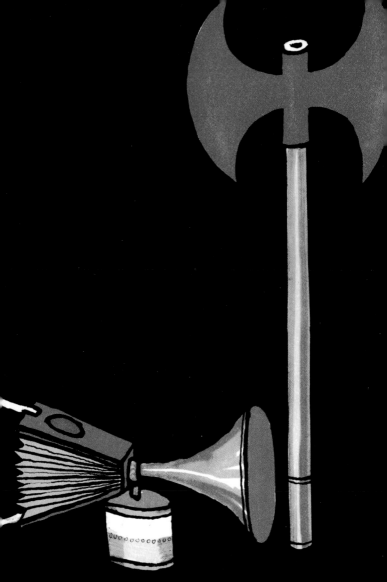

La nuit, au clair de lune,
Ils se tenaient cachés
au bord de la route,

Ils faisaient peur à tout le monde.
Lorsqu'Ils apparaissaient, les femmes
s'évanouissaient de frayeur,
les chiens filaient ventre à terre,
et les hommes les plus courageux
prenaient eux-mêmes la fuite.

Si des voitures passaient,
Ils soufflaient du poivre
dans les narines des chevaux et,
naturellement,
les voitures s'arrêtaient.

Alors, Ils démolissaient les roues...

**Puis, avec le tromblon,
Ils menaçaient les voyageurs
et les dévalisaient.**

Leur cachette était une caverne
en haut de la montagne.
C'est là qu'Ils transportaient
ce qu'Ils avaient volé.

Ils avaient des coffres
pleins d'or,
pleins de perles, de bijoux
et de pierres précieuses.

Mais voilà qu'une fois,
par une nuit très sombre,
Ils attaquèrent une voiture
où il n'y avait qu'un seul voyageur.
Et c'était une pauvre petite fille
qui s'appelait Tiffany.
Elle était orpheline et se rendait
auprès d'une vieille tante grognon
chez qui elle allait vivre désormais.
Cela ne lui plaisait pas du tout !
Et elle fut bien contente quand,
tout à coup, les trois brigands
se dressèrent devant elle.

Comme il n'y avait dans la voiture rien d'autre à prendre que Tiffany, Ils l'emportèrent précieusement dans leur caverne.

**Là Ils lui firent
un lit moelleux.**

Le lendemain,
quand Tiffany s'éveilla,
elle vit des coffres
remplis de trésors.
« Mais qu'est-ce que
vous faites de ça ? »
demanda-t-elle aux brigands.
Ceux-ci se regardèrent
tout étonnés :
jamais Ils ne s'étaient demandé
ce qu'Ils pourraient faire
de toutes ces richesses !

**Alors, comme la petite Tiffany
leur plaisait beaucoup,
Ils décidèrent de partir à la recherche
d'autres enfants malheureux
et abandonnés et de s'occuper d'eux.**

Ils achetèrent un magnifique château
pour loger tous ces enfants.

Chaque enfant
reçut un manteau
et un chapeau
comme ceux des brigands,
mais rouges.

Naturellement, cette histoire
fut vite connue dans toute la région,
et, chaque jour,
de nouveaux orphelins
étaient abandonnés
à la porte du château.

Ils étaient tous recueillis
et vivaient là
jusqu'à ce qu'ils soient en âge
de se marier.
Alors, ils se construisaient
des maisons dans le voisinage.
Et, bientôt,
cela fit toute une petite ville.
Tous ses habitants portaient
un manteau et un chapeau rouges.
À la fin, ils bâtirent une muraille
tout autour de la ville
avec trois tours imposantes,
une pour chaque brigand,
pour les remercier.